LES

SEPT CORBEAUX

CONTE

PARIS

LIBRAIRIE FURNE

JOUVET ET Cie, ÉDITEURS

5, RUE PALATINE

M DCCC LXXXV

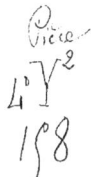

LES SEPT CORBEAUX

CONTE

*
* *

Dans une maisonnette rustique, au bord d'un chemin, demeurait une famille composée de l'aïeul, de la mère, qui était veuve, et de huit enfants, sept garçons et une fille.

La fille, qui était la cadette, était une mignonne et douce créature, d'une sagesse au-dessus de son âge. Jamais elle n'avait causé le moindre chagrin à ses parents.

Bref, vous eussiez vainement cherché à la ronde une enfant plus soumise, plus attentive, et d'un caractère plus aimant.

Les garçons, au contraire, qui poussaient tous plus dru les uns que les autres, étaient de vrais démons.

Ils n'avaient pas le naturel méchant, bien loin de là; mais leur humeur était si sauvage, et ils se montraient, en mainte occasion, tellement indisciplinés et mutins, que le vieux grand-père lui-même n'arrivait pas toujours à les gouverner.

*
* *

Un soir, nos sept petits lurons étaient restés à jouer au dehors plus longtemps que d'habitude.

Les ténèbres commençaient à tomber, et les hôtes ailés de la forêt voisine, retirés au plus épais du feuillage, avaient déjà mis leur bonnet de nuit, sans que les vagabonds songeassent à rentrer.

A plusieurs reprises, la mère les avait appelés pour dîner; mais, chaque fois, elle en avait été pour sa peine.

La bande folâtre faisait semblant de ne rien entendre.

— Marie, dit enfin la veuve à sa fille, va chercher là-bas tes sept frères, et ramène-les bien vite au logis.

*
* *

La fillette sortit, et, guidée par les éclats de rire et les cris qui retentissaient de l'autre côté de la route, elle rejoignit la troupe endiablée.

— Charles, fit-elle en s'adressant à l'aîné, il est temps de rentrer à la maison. Allons, mes chéris, venez avec moi. Maman a du chagrin, et grand-père va gronder contre vous. Et puis, vous ne savez pas, votre soupe refroidit.

Ce discours de la petite sœur fit instantanément son effet. Les garçons cessèrent de jouer, et, tous à l'envi, se mirent à courir du côté de la soupe.

C'était maintenant à qui arriverait le premier au logis.

*
* *

— Doucement donc ! n'allez pas si vite ! leur cria la fillette.

Puis, elle ajouta en elle-même :

— Ah! grand-père a bien raison de dire qu'en toutes choses ils sont trop impétueux.

Cependant la troupe espiègle touchait déjà le seuil.

Là, chacun des marmots s'obstinant à passer avant l'autre, il y eut une bousculade effroyable, à la suite de laquelle la pelote entière s'engouffra comme un ouragan dans la salle.

— Ah ! mon Dieu, quel vacarme ! s'écria la mère impatientée. Vilaine engeance, va ! Je voudrais, pour votre punition, vous voir tous les sept changés en corbeaux !

*
* *

A peine avait-elle prononcé cette parole irréfléchie, que les sept garçons, métamorphosés en autant de corbeaux au plumage de jais, s'envolent en croassant par la fenêtre ouverte, et disparaissent dans le crépuscule du soir.

On se figure la stupéfaction et le désespoir de la mère et de l'aïeul.

Quant à la petite sœur, elle crut d'abord à une plaisanterie, et se mit à rire et à battre des mains, en voyant ses sept frères, tout de noir empennés, filer les ailes déployées dans l'espace.

Mais, quand les parents lui eurent expliqué qu'il y avait là un ensorcellement, une œuvre de magie diabolique, elle se prit à pleurer si amèrement que cela faisait peine à voir.

Ce ne fut qu'à force de lui répéter que le mal n'était pas sans remède et que ses petits frères reviendraient bientôt, qu'on parvint à la calmer quelque peu.

*
* *

Le soleil se leva néanmoins le lendemain et les jours suivants, sans que les sept fugitifs reparussent.

Marie, la mère et l'aïeul, avaient beau rester du matin au soir à la fenêtre, les regards fixés sur le ciel : ceux qu'on attendait ne se montraient pas.

Plusieurs années s'écoulèrent ainsi. Les parents ne comptaient plus revoir jamais leurs enfants. Seule, la petite sœur, qui avait grandi dans

l'intervalle et était devenue une charmante jeune fille, n'avait pas renoncé
au secret espoir de retrouver quelque jour ses frères.

*
* *

— Ils ont beau avoir été changés en oiseaux, se disait-elle tristement,
ils ne peuvent pourtant pas s'être envolés hors de ce monde. Donc ils
sont quelque part ici-bas ; mais en quel lieu de la terre les chercher ?

A force de ruminer cette idée, elle finit par s'en pénétrer si bien, qu'un
matin elle aborda ses parents et leur dit :

— Je vais me mettre en quête de mes frères à travers le monde, sinon,
mon cœur n'aura point de repos. Bénissez-moi, je ne reviendrai que
lorsque j'aurai trouvé ceux que vous pleurez.

*
* *

Elle prit à manger dans une petite banne qu'elle se mit sur le dos, se
munit en outre d'un petit escabeau afin de pouvoir se reposer en chemin ;

puis elle dit adieu à son vieux grand-père, à sa mère chérie, et à son bon chien.

Ce qu'il y eut de pleurs versés sur le seuil, vous vous l'imaginez aisément; mais Marie, la sage petite fille, était une nature courageuse et forte.

Elle essuya résolûment ses jolis yeux obscurcis par les larmes, et, tournant le dos au logis en deuil, elle entama son pèlerinage.

*
* *

Malheureux ceux qui cheminent seuls à travers ce monde! mais plus malheureux encore ceux qui, en cheminant solitaires, ont à porter le poids d'un chagrin!

Certes, il était bien lourd le fardeau qui pesait sur l'âme de Marie; mais la petite sœur n'en allait pas moins allègrement de plaines en collines, parce qu'elle avait l'Espérance.

Une première fois, elle vit au bord de la route un corbeau qui dépeçait un cadavre.

— Corbeau! lui cria-t-elle, ne serais-tu pas par hasard des sept?

— Non, répondit la bête emplumée; je n'avais qu'un frère; le chasseur l'a tué.

Et il prit immédiatement son essor.

Plus loin, Marie aperçut deux corbeaux accroupis tout songeurs sur un vieux poirier.

— Et vous, leur dit-elle, n'êtes-vous pas des sept?

— Non, répondirent les oiseaux; nous n'avions que notre mère; l'autour l'a enlevée.

Et ils s'envolèrent à tire d'ailes.

*
* *

Quelque temps après, la petite sœur aperçut, à la lisière d'une forêt, trois corbeaux qui buvaient à une mare.

— Corbeaux, cria-t-elle encore, est-ce que vous ne seriez pas des sept?

— Non, non, firent-ils tous ensemble; nous n'avions qu'une sœur; le serpent l'a mangée.

Et, là-dessus, ils se mirent à décrire des cercles tout autour de la mare, en poussant de tels croassements, que Marie s'enfuit effrayée.

..

★
★ ★

Partout où passait la petite sœur, elle s'informait des sept fugitifs; mais nul ne pouvait lui en donner de nouvelles. Toujours les gens hochaient la tête et disaient :

— Nous ne connaissons pas ceux dont tu nous parles. Retourne-t'en chez toi, ma fillette.

Marie marcha ainsi des semaines et des mois, sans trouver trace de ses frères enchantés.

Elle était rendue de fatigue, et ses pauvres pieds étaient tout en sang.

Un soir, n'en pouvant plus, elle se laissa tomber sur l'herbe au bord d'un fossé, et là, elle ne tarda pas à s'endormir.

*
* *

Quand elle se réveilla, il faisait petit jour, et la première chose qu'elle aperçut en ouvrant les yeux, ce fut l'étoile du matin qui scintillait au-dessus de sa tête.

Oh! la superbe étoile, et de quel éclat elle brillait!

Elle était si belle, si resplendissante et si pure, que la jeune fille, en la contemplant, se sentit comme inondée d'une lumière intérieure.

Elle ne put s'empêcher de joindre les mains vers l'astre étincelant, et ses lèvres murmurèrent cette prière :

— Salut, douce étoile du matin, qui me réconfortes de tes rayons ! viens-moi en aide, je t'en prie ; indique-moi de quel côté je dois aller pour retrouver mes frères chéris.

*
* *

O prodige! à peine avait-elle balbutié cette supplication, que le globe lumineux descendit des hauteurs de l'empyrée sous la forme d'un beau garçonnet aux cheveux blonds bouclés et tout de blanc vêtu.

Le céleste envoyé s'approcha de la pauvre Marie; il déposa sur ses joues pâlies un baiser qui les fit instantanément refleurir comme deux roses au calice frais éclos; puis, présentant à la fillette une clef d'or :

— Prends cette clef, lui dit-il, et laisse-toi guider par elle. Elle te conduira au castel du faucon, et ensuite à un beau manoir comtal où se célébrera un festin d'hyménée.

Sur ce mot, l'astre effleura encore une fois d'un baiser le front de Marie, puis remonta majestueusement dans les airs et disparut derrière les nuages.

*
* *

La petite sœur se remit joyeusement en chemin dans la direction que lui indiquait la clef d'or.

Celle-ci la conduisit vers le soir à un petit donjon haut perché qui resplendissait magnifiquement aux reflets du soleil couchant.

C'était le castel du faucon.

*
* *

Là, quelques années auparavant, avait demeuré avec son fils unique une riche châtelaine, la veuve d'un comte.

C'était une femme à l'humeur altière et au cœur dur, que personne n'aimait dans le pays.

Un jour qu'elle se promenait, en compagnie de son rejeton, dans la cour du château, une affreuse vieille s'était approchée d'elle pour lui demander l'aumône. Mais la comtesse, au lieu de lui faire la charité, avait appelé un valet pour qu'il chassât immédiatement la mendiante.

Or, celle-ci était une méchante sorcière, qui, avant de se retirer, dit à la châtelaine :

— Pour te punir de ta honteuse avarice, je veux que ton enfant se change en un faucon sauvage, et qu'il conserve cette forme jusqu'à ce que l'Étoile du matin lui envoie une fiancée. Je veux en outre que toutes tes richesses aillent se fourrer dans une petite cassette comme une souris se fourre dans son trou!

*
* *

Puis, s'adressant au serviteur qui venait de la saisir par le bras afin de l'expulser comme il en avait reçu l'ordre :

— Quant à toi, ajouta la sorcière, je veux que tu te recoquilles en un vilain nain à barbe grise. Tu auras pour mission de garder la cassette de ton avaricieuse maîtresse. Si, quelque jour, après de longues années, la fiancée du faucon survient, je te permets de lui offrir cette cassette comme cadeau de noces; seulement il lui est défendu de l'ouvrir ici, en ce lieu maudit; elle ne doit le faire que chez elle, dans sa chambre de jeune fille. Alors seulement tous mes enchantements prendront fin.

*
* *

A ces mots, la sorcière disparut; mais sa sentence de malédiction s'était instantanément accomplie.

Le joli garçonnet, fils de la comtesse, n'était plus qu'un rapace faucon. Le valet avait pris la figure d'un horrible nain à barbe grise, et tout ce que contenait le manoir, y compris la châtelaine elle-même, s'était évanoui.

Plus un meuble, plus une tenture, plus une glace! De la cave aux combles, tout était vide.

Je me trompe : il y avait, dans une des tours du château, une chambre, une seule, qui faisait exception; encore l'ameublement en était-il réduit à la plus simple expression.

Une couchette de paille, une table où le couvert était dressé, quelques vieux escabeaux, et une petite cassette fermée à clef, voilà tout ce qu'on y voyait.

*
* *

Or, c'était dans ce castel enchanté que les sept corbeaux, frères de Marie, après avoir longtemps erré à travers le monde, avaient fini par trouver un refuge hospitalier.

En reconnaissance de ce bon accueil, ils avaient conclu un pacte de fidèle amitié avec le faucon, seigneur du lieu, et s'étaient engagés à rester auprès de lui jusqu'au jour de leur commune délivrance, c'est-à-dire jusqu'à la rupture du maléfice qui pesait sur eux comme sur lui.

*
* *

Revenons maintenant à la petite sœur.

Obéissant aux indications de la clef d'or, elle avait marché droit vers le château.

La porte en était fermée ; mais à peine l'eut-elle touchée de son talisman, qu'elle tourna sur ses gonds.

3

La jeune fille entra résolûment.

Si léger que fût le bruit de son pas, le nain à barbe grise l'entendit de la chambre de la tour.

Il accourut au-devant de la visiteuse.

— Qui êtes-vous, et que cherchez-vous céans? lui demanda-t-il d'une voix rude.

La petite sœur fut d'abord effrayée; mais elle surmonta son trouble, et dit :

— Je suis envoyée par l'Étoile du matin, et je cherche mes frères, les sept corbeaux.

*
* *

A peine le nain eut-il entendu ces paroles qu'il changea d'attitude.

Il s'inclina profondément devant la belle enfant, et lui dit d'une voix respectueuse et douce :

— Ces messieurs les corbeaux ne sont pas ici pour l'instant. Ils sont allés à la chasse avec mon seigneur et maître le noble faucon, et ne rentreront qu'à la nuit. Cependant, si vous voulez les attendre, cela leur fera un très grand plaisir.

La petite sœur répliqua timidement qu'elle y consentait, et le nain, marchant devant elle, la conduisit par l'escalier de la tour jusqu'à la chambre que nous connaissons.

*
* *

Là, s'inclinant de nouveau jusqu'à terre :

— Voyez, dit-il, le repas est tout servi. Il y a des années que cette table est ainsi dressée à cette place, pour un·hôte toujours attendu et qui ne venait pas. Buvez donc et mangez ; ensuite, reposez-vous sur ce lit, où personne non plus n'a jamais couché.

La petite sœur se conforma à l'invitation du nain. Elle goûta de chacun des mets et des flacons qui étaient sur la table ; après quoi elle s'étendit sur la couche, et ne tarda pas à s'y endormir.

*
* *

Pendant ce temps le faucon et les sept corbeaux étaient ensemble dans la forêt, à l'affût de leurs proies habituelles ; mais c'était une chose singulière de voir ce qu'il en était ce jour-là.

L'après-midi entière s'était écoulée sans qu'ils eussent aperçu l'ombre de gibier.

Ils avaient beau fureter de tous côtés ; pas la moindre aubaine ne s'offrait à eux.

On eût dit que les habitants du bois avaient tous émigré vers d'autres climats.

Peu à peu les ténèbres achevèrent de tomber, et alors il sembla à nos huit chasseurs que le fourré, bien que toujours désert en apparence, s'emplissait de mille résonnances mystérieuses.

*\
* *

Accroupis sur la ramure d'un vieux chêne, le faucon et ses compagnons écoutaient en silence ce ramage insolite. D'abord vagues et indistincts, les bruits allaient s'accentuant de plus en plus.

Bientôt le doute ne fut plus possible. Toutes les bêtes à poils et à plumes dont se composait le peuple bigarré de la forêt s'entretenaient entre elles à demi-voix, sans que l'œil pût les apercevoir.

Et c'étaient de toutes parts, au milieu des clairières et dans les mas-

sifs, des bruissements de pieds, des frôlements de corps, des frémisse-
ments d'ailes, à n'y rien comprendre.

*
* *

— Monsieur mon frère, dit l'aîné des corbeaux au faucon, m'est avis
que, cette nuit, vos vassaux du bois se disposent à tenir cour plénière.

— Oui, repartit le faucon, .et le rendez-vous est précisément sous le
chêne où nous sommes. Voyez comme les feuilles des basses branches
s'agitent. Je ne sais pourquoi, mon cœur bat à l'unisson de ce feuillage.

— Le mien tremble aussi, ajouta un corbeau.

— Et le mien, et le mien, reprirent tous les autres.

— Chut! interrompit le faucon. Voici maintenant l'assemblée au
complet. Écoutons.

*
* *

Une voix se fit soudain entendre au-dessous d'eux; c'était celle de la
chouette.

— C'est pour ce soir, pour ce soir! s'écria-t-elle par deux fois très nettement.

— Pour ce soir! répéta la pie.

— Oui, oui! ajouta en chœur l'assistance.

— La petite sœur est au nid du faucon! s'exclama une colombe à son tour.

Un long roucoulement entrecoupé de hou! hou! suivit cette parole; puis il y eut un moment de silence.

*
* *

— Je sais maintenant pourquoi mon cœur bat à l'unisson de ces feuilles, chuchota le faucon à ses camarades.

— Oh! comme le nôtre tremble! comme le nôtre tremble! balbutièrent les corbeaux.

Un nouveau murmure s'éleva du pied de l'arbre. C'était un mélange de caquets confus au milieu desquels on ne discernait clairement que ces mots :

— La clef d'or! l'étoile du matin! la fiancée!

Puis, soudain, les piétinements recommencèrent, accompagnés de froissements de pennes invisibles. La coupole entière du vieux chêne crépita un instant comme sous un souffle de tempête..., et tout retomba dans le silence.

*
* *

— Avez-vous entendu? La clef d'or! l'étoile du matin! la fiancée! demanda le faucon aux corbeaux.

— Oui, oui; retournons vite au château!

La troupe prit son vol au-dessus des halliers redevenus muets et solitaires comme auparavant.

Mais, au moment où les huit compagnons arrivaient à la lisière de la plaine, un concert de cris et de glapissements éclata de toutes les parties du bois.

— Adieu, adieu, adieu! criaient à tue-tête les hôtes du fourré.

— Adieu, adieu, adieu! répéta au loin l'écho des collines.

Et là-dessus, tout se tut derechef.

On n'entendit plus, sous le ciel étoilé, qu'un bruit de vol cadencé et rapide qui traversait l'air ainsi qu'une rafale : c'étaient le faucon et ses noirs acolytes qui regagnaient leur castel des rochers.

*
* *

Le nain à barbe grise était sur le seuil, le visage joyeux et transfiguré.

— Elle est venue, nous savons qu'elle est venue ! fit d'une seule voix le groupe emplumé.

— Oui, l'envoyée de l'Étoile du matin. Elle est là-haut, endormie. Gardez-vous, Messeigneurs, de la réveiller.

— Ma noble fiancée ! reprit le faucon, ne se tenant pas de joie.

— Notre libératrice à tous ! ajoutèrent les corbeaux en battant des ailes.

*
* *

Le faucon, le premier, vole à la tour. Il ouvre doucement la porte de la chambre, et ses yeux avides cherchent la jeune fille.

O déception ! Il a beau explorer du regard toute la pièce : personne !

Voici pourtant là devant lui la petite couche ; mais il n'y aperçoit pas la dormeuse.

Est-il donc devenu subitement aveugle, ou tout cela n'est-il qu'un rêve douloureux ?

Il quitte la tour, l'âme brisée.

— Tu t'es trompé, vieux nabot, dit-il au serviteur stupéfait, ou l'affreuse sorcière s'est jouée de toi comme de moi. L'Étoile du matin ne m'a pas encore envoyé ma fiancée.

Le pauvre nain joint les mains en silence.

— Nous allons bien voir ! s'écrient les corbeaux ; et tous se précipitent vers l'escalier du donjon.

*
* *

Ils sont entrés à leur tour dans la chambre.

Quel éblouissement et quelle allégresse ! Sur l'humble couchette de paille repose en effet la plus belle créature qu'un être vivant ait jamais contemplée.

4

Elle sommeille doucement, le sourire aux lèvres, et les reflets vacillants du flambeau qui éclaire la pièce dansent fantastiquement sur son front.

Les sept corbeaux, pour la mieux voir, s'accroupissent à la file sur les rebords du lit, et chacun admire avec recueillement la merveilleuse fiancée du faucon.

*
* *

Tout à coup l'aîné des corbeaux s'écrie :

— Ah! mon Dieu! mais, celle qui dort là, savez-vous qui c'est?

Tous se redressent étonnés.

— C'est notre petite sœur! reprend Charles. Oh! comme elle est devenue grande et belle!

Eh! oui, c'est notre petite sœur, dit un second corbeau; je la reconnais à ses cheveux bruns bouclés.

— C'est bien elle! ajoute un troisième; je la reconnais à ses joues rosées.

— Et moi, à la petite fossette qu'elle a au menton, dit un quatrième.

— Et moi, à ses jolies petites mains, fait le cinquième corbeau.

— Pour moi, reprend le sixième, il me suffit de voir l'anneau qu'elle porte à son doigt mignon.

— Ah ! soupire le septième, je la reconnaîtrais tout de suite à ses beaux yeux pleins de douceur. Pourquoi ne les ouvre-t-elle pas ? Nous serions peut-être désensorcelés sur-le-champ.

— Eh bien, réveillons-la, se dirent les sept frères.

★
★ ★

Ils s'apprêtaient à réveiller la jeune fille, quand une voix leur cria du seuil :

— Arrêtez ! qu'allez-vous faire ?

C'était le nain à barbe grise qui avait à son tour monté l'escalier, et qui se tenait dans l'embrasure de la porte.

Les corbeaux reculèrent effrayés.

Le nain alors se rapprocha d'eux, et, mettant un doigt sur ses lèvres :

— Chut ! fit-il, écoutez-moi bien. L'ensorcellement qui nous tient captifs ne pourra cesser qu'à une condition, c'est que la fiancée du faucon quittera tout endormie ce château.

* *

Il alla prendre le petit coffret déposé dans un coin de la chambre.

— Cette cassette que voici, ajouta-t-il, renferme son cadeau de noces ; mais elle ne doit l'ouvrir que chez elle.

— Comment faire ? dit l'aîné des corbeaux.

— Simplement ceci, répondit le nain : enlevez sans bruit votre petite sœur, transportez-la jusqu'à son logis, et hâtez-vous de revenir ici.

Le vieillard déposa la cassette toute fermée entre les bras de la fillette, et les corbeaux se rapprochèrent silencieusement de la couche.

*
* *

Marie entendit comme en un songe tout ce qui se disait autour d'elle ; mais elle n'avait garde d'ouvrir les yeux.

Un instant seulement, quand le nain lui mit le coffret dans les mains, un court tressaillement agita son être.

— O mes petits frères chéris, se murmura-t-elle tout bas à elle-même, ne craignez rien ; celle qui vous a tant pleurés et cherchés ne vous perdra pas par son imprudence.

Elle se laissa soulever doucement par la troupe emplumée, qui incontinent prit son essor, et l'emporta à travers les airs.

Oh ! qu'il lui semblait bon de refaire maintenant par les plaines du ciel, sous la voûte étoilée du beau firmament, ce même chemin dont les dures étapes lui avaient coûté tant de fatigues et de soucis !

*
* *

Le lendemain matin, qui faillit se trouver mal de surprise ? Ce furent les hôtes de la maisonnette, le vieux grand-père et la pauvre veuve, en revoyant tout à coup la petite sœur.

— Dieu soit loué ! s'écrièrent-ils en la serrant dans leurs bras.

Puis, tout de suite, ils ajoutèrent avec un soupir :

— Hélas ! tu nous reviens seule ! n'as-tu donc aucune nouvelle de tes frères ?

— Un peu de patience, fait Marie en souriant ; ils ne vont pas tarder à paraître.

Et, sans vouloir en dire davantage, elle se hâte d'entrer dans sa petite chambre.

★
★ ★

Là, elle ouvre la cassette au moyen de la mignonne clef d'or qui se trouvait attachée au couvercle.

O surprise ! il n'y a dedans qu'un petit miroir.

Marie prend le miroir et s'y regarde.

Cette fois, elle n'en peut croire ses yeux. Est-ce donc son image qui se reflète dans cette glace ? Non, ce n'est pas la petite sœur ; il y a encore là quelque fantasmagorie.

Mais oui, pourtant, c'est bien la petite sœur. Voilà ses jolies joues roses, son menton à fossette, ses longs cils soyeux et sa fine chevelure.

Seulement son petit sarrau de voyage s'est changé en une belle robe écarlate, et sur sa tête, d'où retombe en arrière un long voile broché d'or, il y a une couronne de fleurs d'oranger.

A cette vue, Marie devient toute rouge.

— Ah ! se dit-elle, c'est un costume de fiancée !

*
* *

Au même moment, la porte de la maisonnette s'ouvrait pour livrer passage à un beau seigneur accompagné de sept jeunes cavaliers magnifiquement habillés.

C'étaient le faucon et les sept corbeaux qui avaient recouvré leur figure naturelle.

Je laisse à penser avec quelle tendresse les frères embrassèrent l'aïeul et leur mère.

Quant au comte, le premier moment d'effusion passé, il s'approcha des bons parents, de plus en plus étourdis de surprise, et leur demanda la main de leur fille.

*
* *

On appela aussitôt la petite sœur, qui parut avec ses atours nuptiaux, et se garda bien de dire non au jeune comte.

La noce eut lieu, quelques jours après, au château du faucon redevenu luxueux et splendide comme auparavant, et elle se fit avec une telle pompe, que jamais, de mémoire d'homme ou de corbeau, il ne s'était vu rien d'aussi magnifique.

FIN DES SEPT CORBEAUX.

1884-84. — CORBEIL. Typ. et stér. CRÉTÉ.

www.ingramcontent.com/pod-product-compliance
Lightning Source LLC
Chambersburg PA
CBHW060840180626

46818CB00004B/1522